है तो है

है तो है

दीप्ति मिश्र

वाणी प्रकाशन

वाणी प्रकाशन
4695, 21-ए, दरियागंज, नयी दिल्ली 110 002

शाखा
अशोक राजपथ, पटना 800 004

फ़ोन : +91 11 23273167 फ़ैक्स : +91 11 23275710

www.vaniprakashan.in
vaniprakashan@gmail.com
sales@vaniprakashan.in

HAI TO HAI
by Deepti Mishra

ISBN : 978-93-5229-734-4
Poetry/Ghazals

प्रथम संस्करण 2005
संशोधित संस्करण 2016
मूल्य : ₹150

सिटी प्रेस, दिल्ली-110 095 में मुद्रित

वाणी प्रकाशन का लोगो मक़बूल फ़िदा हुसेन की कूची से

हर उस चोट के नाम
जिसने मुझे तराश कर
पाषाण से प्रतिमा
बना दिया

सच को मैंने सच कहा, जब कह दिया तो कह दिया
अब ज़माने की नज़ार में ये हिमाक़त है तो है

अनुक्रम

कविताएँ

ग़ज़लें

अपनी बात

आड़ी-तिरछी रेखाएँ खींचते-खींचते अनायास ही एक सीधी रेखा पर एक आड़ी रेखा खिंच गई। मैंने देखा—अचानक 'ऋण' (–) 'धन' (+) में परिर्वतित हो गया। पता नहीं यह मात्र घटना थी या प्रारब्ध क़ा संकेत...मुझे सीख मिल चुकी थी। 'ऋण' का महत्त्व मेरी समझ में आ चुका था। जान गई थी कि धन होने के पहले ऋण का होना आवश्यक है। तभी से अनुभूतियों के ऋणों को शब्दों की रेखाओं से काटते हुए अभिव्यक्तिओं का धन बटोर रही हूँ। इधर कुछ अधिक लोभी हो गई हूँ, थोड़ी—सी वक्रता आ गई है। दोनों ही रेखाओं को कुछ तिरछा कर लेती हूँ। गुणनफल सामने होता है।

जब से क़लम हाथ में आई है, निरन्तर कुछ खोज रही हूँ। क्या? नहीं पता। मुझे नहीं पता कि मुझे क्या चाहिए। किन्तु क्या नहीं चाहिए यह बहुत अच्छी तरह से जान गई हूँ मैं। इस नहीं के विषय में कोई दुविधा नहीं है। बस इसी नहीं से है तो है का आरम्भ होता है।

–दीप्ति मिश्र

दीप्तियाना
401 बी, यूरेनस अपार्टमेंट्स
साई बाबा गैलेक्सी, ओशीवारा बस डिपो के निकट
गोरेगाँव वेस्ट, मुम्बई-400104
diptiyana@gmail.com
www.diptimisra.com
www.facebook.com/Dipti1511
मो. : 9821338935

कविताएँ

दो मुझे ताक़त कि अब मैं सत्य परिभाषित करूँ
या क़लम तोड़ो मेरी और सर्जनाएँ छीन लो

रिश्ता

एक थी स्त्री
और
एक था पुरुष
दोनों में कोई भी रिश्ता न था।
फिर भी दोनों एक साथ रहते थे।
बेइन्तिहा प्यार करते थे एक दूसरे को।
तन-मन-धन से।
दोनों में नहीं निभी, अलग हो गए दोनों।
किसी ने स्त्री से पूछा—
वो पुरुष तुम्हारा कौन था?
स्त्री ने कहा—
प्रेमी जो पति नहीं बन सका।
किसी ने पुरुष से पूछा—
वो स्त्री तुम्हारी कौन थी?
पुरुष ने कहा—रखैल।

प्यास

सच है–
प्यासी हूँ मैं
बेहद प्यासी
मगर
तुमसे किसने कहा,
कि–तुम मेरी प्यास बुझाओ?
मुझसे कहीं ज़्यादह रीते,
कहीं ज़्यादह ख़ाली हो तुम।
और तुम्हें अहसास तक नहीं
कि भरना चाहते हो तुम अपना ख़ालीपन
मेरी प्यास बुझाने के नाम पर।
तआज्जुब है!!
मुकम्मल बनाना चाहता है मुझे
एक–
'आधा-अधूरा' इन्सान!

मछली

बात है तो विचित्र
किन्तु फिर भी है
हो गया था 'प्रेम' एक पुरुष को
एक सुनहरी मछली से।
लहरों से अठखेलियाँ करती,
बलखाती, चमचमाती मछली
भा गई थी पुरुष को।
टकटकी बाँधे पहरों देखता रहता वह
उस चंचला की अठखेलियाँ।
मछली को भी अच्छा लगता था
पुरुष का यूँ निहारना।
बँध गए दोनों प्रेम-बंधन में
मिलन की आकांक्षा स्वाभाविक थी।
पुरुष ने मछली से मनुहार की—
"एक बार, सिर्फ़ एक बार
जल से बाहर आने का प्रयत्न करो।"
प्रिय-मिलन की लालसा इतनी तीव्र थी
कि भाव-विह्वल हो
मछली जल से बाहर आ गई।
छटपटा गई, बुरी तरह से छटपटा गई
किन्तु अब वह अपने प्रियतम की बाँहों में थी।
प्रेम की गहन अनुभूति में...
कुछ पल को—
सारी तड़प, सारी छटपटाहट जाती रही।
एकाकार हो गए दोनों।...

तृप्त हो, प्रेमी ने
फिर उसे जल में प्रवाहित कर दिया।
बड़ा विचित्र, बड़ा सुखद
और बड़ा दर्दनाक था यह मेल।
हर बार पूरी शक्ति बटोर–
चल पड़ती प्रेयसी अपने प्रियतम से मिलने।
तड़फड़ाती-छटपटाती
प्रेम देती-प्रेम पाती
तृप्त करती-तृप्त होती
फिर लौट आती वापस जल में।
बहुत दिनों तक चलता रहा यह खेल।
एक दिन,
मछली को जाने क्या सूझी...
उसने पुरुष से कहा–
"आज तुम आओ!"
"मैं...मैं जल में कैसे आऊँ?
मेरा दम घुट जाएगा।"–पुरुष बोला।
"कुछ पल को साँस रोक लो"–मछली ने कहा।
साँस रोक लूँ...यानी जीना रोक लूँ?
कुछ पल 'जीने' ही तो आता हूँ तुम्हारे पास,
साँस रोक लूँगा तो जियूँगा कैसे?–पुरुष ने कहा।
मछली अवाक् थी।
एक ही पल में–
पुरुष-प्रकृति और प्रेम के पारस्परिक संबंध का "सत्य" उसके सामने था।
अब कुछ भी जानने-पाने और चाहने को शेष नहीं था।
मछली ने निर्विकार भाव से पुरुष को देखा...
फिर डूब गई जल की अतल गहराइयों में...

अनभिज्ञ पुरुष–
जीने की लालसा लिये,
अभी तक वहीं बैठा सोच रहा है–
मेरा दोष क्या है?

लम्स

अजीब रिश्ता है
उसके और मेरे बीच।
मेरे लिए वो–
एक महकता हुआ हवा का झोंका है
और
उसके लिए मैं–
एक ख़ूबसूरत वुजूद।
वो जब चाहे आता है
और समेट लेता है
मेरा पूरा का पूरा वुजूद अपने में...
जिस्म से लेकर रूह तक
महक उठती हूँ मैं।
महसूस करती हूँ रग-रग में
उसकी एक-एक छुअन।
थाम लेना चाहती हूँ उसे
हमेशा-हमेशा के लिए
लेकिन, ऐसा नहीं होता, कभी नहीं होता।
जब जाना होता है उसे, चला जाता है
फिर भी
मुझे उसी का इन्तज़ार रहता है
वो अपनी मर्ज़ी का मालिक है
और
मैं अपने मन की गुलाम।
उसके हिस्से में–
आती हूँ पूरी की पूरी मैं
और
मेरे हिस्से में–
आता है चन्द लम्हों के लम्स का अहसास!

अपूर्ण

हे सर्वज्ञाता, सर्वव्यापी, सार्वभौम!
क्या सच में तुम सम्पूर्ण हो?
हाँ कहते हो, तो सुनो—
सकल ब्रह्माण्ड में
यदि कोई सर्वाधिक अपूर्ण है
तो वह तुम हो।
होकर भी नहीं हो तुम।
बहुत कुछ शेष है अभी,
बहुत कुछ है जो घटित होना है।
उसके बाद ही तुम्हें सम्पूर्ण होना है।
हे परमात्मा!
मुझ आत्मा को विलीन होना है अभी तुममें।
मेरा स्थान अभी रिक्त है तुम्हारे भीतर।
फिर तुम सम्पूर्ण कैसे हुए?
तुममें समाकर मैं शायद पूर्ण हो जाऊँ;
किन्तु तुम?
तुम तो तब भी अपूर्ण ही रहोगे
क्योंकि—
मुझ जैसी जाने कितनी आत्माओं की रिक्तता से
भरे हो तुम।
जाने कब पूर्ण रूप से भरेगा तुम्हारा यह—
रीतापन, ख़ालीपन
जाने कब?
जाने कब?

भगवान

मेरे छोटे-से मकान के
छोटे-से कमरे की
छोटी-सी अलमारी के
छोटे-से ख़ाने में
शिवजी की एक नन्ही-सी 'बटिया' है।
जिसके सामने रखे हैं—
एक क्षुद्र-सा अगरबत्ती स्टैंड
और रामचरित-मानस की एक प्रतिलिपि।
बस।
मेरे घर में भगवान के लिए मात्र इतनी ही जगह है
क्योंकि मैं एक बड़े शहर में रहती हूँ
जहाँ—घर छोटे, आदमी छोटे, दिल छोटे होते हैं।
मैं अपने भगवान पर गंगाजल नहीं चढ़ाती
इसलिए नहीं कि है नहीं
वरन् इसलिए
कि मुझे उसकी शुद्धता पर विश्वास नहीं रहा।
मैं अपने भगवान पर फूल भी नहीं चढ़ाती
क्योंकि—
अपने हाथों से लगाये पौधों के फूल तोड़ने में
मुझे दर्द होता है
और दूसरों से माँगने की आदत नहीं मेरी।
मैं अपने भगवान को—
न चन्दन लगाती हूँ, न रोली, न अक्षत।
क्योंकि इस सबका समय नहीं होता मेरे पास।
फिर भी,
मेरा भगवान मुझसे रुष्ट नहीं होता
क्योंकि वह भगवान है।

मैं नित्य प्रातः
स्नान करके भगवान के आगे अगरबत्ती जलाती हूँ,
मूक स्वर में रामायण का पाठ करती हूँ
और
आँख मूँद कर उससे वह सब कह जाती हूँ
जिसे स्वप्न में भी किसी से कहते डरती हूँ
और चिन्तामुक्त हो जाती हूँ।
कभी-कभी ऐसा भी होता है
कि—मैं अपने भगवान से रूठ जाती हूँ,
महीनों पूजन नहीं करती।
मेरे भगवान पर धूल की पर्तें जम जाती हैं
लेकिन तब भी,
मेरा भगवान मुझसे रुष्ट नहीं होता
क्योंकि वह भगवान है।

फिर—
जब कभी मेरे दुखों की गगरी भर जाती है
तब मुझे अपने भगवान की याद आती है
मैं रोती हूँ, गिड़गिड़ाती हूँ।
जो कभी रूठा ही नहीं;
ऐसे भगवान को मनाती हूँ।
यूँ ही क्रम चलता रहता है
मेरा
और मेरे भगवान का।

यात्रा

एक था परमात्मा
एक थी आत्मा
और एक था शरीर।
आत्मा ने परमात्मा से पूछा—
मैं कौन हूँ?
उत्तर मिला—
एक अप्रत्यक्ष, अनश्वर, अपूर्ण सत्य।
पूर्ण कब होऊँगी?
जब मुझमें विलीन हो जाओगी।
विलीन कब होऊँगी?
जब यात्रा समाप्त हो जाएगी।

शरीर ने परमात्मा से पूछा—
मैं कौन हूँ?
उत्तर मिला—
एक प्रत्यक्ष, नश्वर, अपूर्ण सत्य।
पूर्ण कब होऊँगा?
जब विदेह हो जाओगे।
विदेह कब होऊँगा?
जब यात्रा समाप्त हो जाएगी।

शरीर और आत्मा ने एक साथ पूछा—
यात्रा कब समाप्त होगी?
उत्तर मिला—
जब तुम दोनों एक-दूसरे का
उद्धार करोगे।

एक ओर था—
निष्प्राण, निर्विकार, नश्वर अपूर्ण शरीर।
दूसरी ओर थी—
निराकार, निरालम्ब, शाश्वत अपूर्ण आत्मा।
दोनों ही पूर्ण होना चाहते थे।
आत्मा ने शरीर
और
शरीर ने आत्मा को
स्वीकार लिया।
शरीर को प्राण—
आत्मा को आकार।
दोनों अभिव्यक्त हुए एक साथ।
अद्भुत, अतुलनीय था
यह महामिलन
आरम्भ हो गई यात्रा
और
विकसित होने लगीं दोनों की वृत्तियाँ—
एक उत्तर तो दूसरा दक्षिण
एक पूरब तो दूसरा पश्चिम
आत्मा शांत तो शरीर उद्विग्न
शरीर की अपनी आवश्यकता
आत्मा की अपनी माँग
शरीर की अपनी विवशता
आत्मा की अपनी दृढ़ता
नतीजा सामने था—
टकराव-बिखराव-टूटन-द्वन्द्व।
धीरे-धीरे बलवान होता गया शरीर
और क्षीण होती गई आत्मा।
आत्मा ने लाख सर पटका,
लाख पुकारा,
लाख अनुनय-विनय की
किन्तु
भोग-विलास, काम-वासना में लिप्त
बलशाली शरीर ने उसकी एक न सुनी।

बहुत छटपटाई
बहुत तड़फड़ाई
बहुत कसमसाई आत्मा
किन्तु फिर भी दम नहीं तोड़ सकी,
अनश्वर जो थी।
अब कोई विकल्प शेष न था।
चुपचाप, निर्मोही बन्
त्याग दिया आत्मा ने शरीर।
क्षण भर में
समाप्त हो गया सारा खेल।
धराशायी पड़ा था बलशाली शरीर—
निर्जीव और निर्विकार।

आत्मा ने परमात्मा से कहा—
मेरी यात्रा समाप्त हुई;
अब समाहित करो मुझे अपने आप में।
परमात्मा ने कहा—
अभी कहाँ समाप्त हुई तुम्हारी यात्रा?
तुमने तो यात्रा अधूरी ही छोड़ दी।
शरीर का उद्धार नहीं तिरस्कार किया तुमने।
शरीर तो निर्विकार था,
तुमने उसमें प्रवेश कर
विकारयुक्त किया उसे।
विकार का कारण तो तुम स्वयं हो
फिर शरीर का तिरस्कार क्यूँ?
शरीर में रहकर ही तुम्हें उसे निर्विकार बनाना था।
यही तुम्हारी परीक्षा थी
और यही शरीर की।
तुम दोनों ही हार गए।
पूर्णत्व प्राप्त करने के लिए—
तुम्हें फिर से धारण करना होगा
एक नया शरीर।
फिर से आरम्भ करनी होगी
एक नई यात्रा।

तब से आज तक–
जाने कितने शरीर धारण कर चुकी है आत्मा
निरन्तर, सतत, अनवरत यात्रा किये जा रही है
इस आस और विश्वास के साथ
कि एक न एक दिन वह
अपने शरीर को निर्विकार बना लेगी।

उधर–
ऊपर बैठा परमात्मा
रहस्यमय ढंग से मुस्कुरा रहा है
क्योंकि
उसने आज तक
एक भी शरीर ऐसा नहीं बनाया–
जो आत्मा के होते हुए
निर्विकार हो।

गन्तव्य

शांत, शीत, श्वेत, सघन—
शिखर पर स्थित थी वह।
निर्विकार। निर्विचार।
जाने किसने उसे बता दिया—
तुम्हारे जीवन का सार है—'सागर'

शान्त चित्त उद्वेलित हुआ
विचार और विकार की ऊष्मा पा-
पिघलने लगी बर्फ़ की चट्टान।
जन्मी एक आस
जन्मा एक विश्वास
ज्ञात हुआ एक लक्ष्य—
सागर! सागर! सागर!
उसे सागर तक जाना था
सागर को पाना था
सागर हो जाना था

बहुत रोका गया, टोका गया,
समझाया गया, बताया गया उसे
कि—
शिखर से धरा तक
और धरा से अतल गहराइयों तक
झुकते चले जाने की यात्रा
बहुत कष्टप्रद, बहुत दर्दनाक,
बहुत पीड़ादायक, बहुत कठोर,
बहुत जटिल, बहुत दुरूह है।

किन्तु उसे तो—
लौ लगी थी बस अपने 'सागर' की
उसका लक्ष्य था सागर
उसका गन्तव्य था सागर
उसका सत्य था सागर
उसका सर्वस्व था सागर

बस फिर क्या था—
पूर्ण आत्म-शक्ति,
आत्म-विश्वास
और आस्था बटोर—
बह चली वह—
हरहराती, मदमाती
लहराती, बलखाती
भावावेग में, अपनी धुन में खोई।
हरियाली बिखेरती,
प्यासों की प्यास बुझाती
तपतों का ताप मिटाती
बहती जाती—निर्बाध गति से।
नन्ही-सी जलधार
सागर को पाने
बिना ये जाने
कि सागर कहाँ है?

राह में मिला उसे जल-प्रपात
धारा ने पूछा—क्या तुम सागर हो?
जल-प्रपात बोला—नहीं मैं सागर नहीं हूँ,
सागर होना चाहता हूँ। सुना है बहुत दुरूह है
सागर होना। भय लगता है मुझे
कि
सागर तक पहुँचने से पहले ही
कहीं मैं सूख न जाऊँ।
इसीलिए यात्रा आरम्भ नहीं कर पाता मैं।
और जहाँ का तहाँ खड़ा हूँ।

क्या तुम मेरी मदद करोगी?

निर्भय, निर्भीक, आत्म-विश्वासी
हठी जलधार ने पल भर सोचा;
फिर बोली—चलो मेरे साथ।
कुछ ही क्षण पश्चात—
जल-प्रपात कहीं नहीं था।
नन्ही-सी जलधार विस्तृत हो—
'नदी' हो चुकी थी।
अबाध गति से बढ़ रही थी वह
सागर को पाने
बिना ये जाने
कि सागर कहाँ है।

सो कभी भी, कहीं भी, किसी भी
मोड़ पर मुड़ जाती थी वह
यह सोचकर
कि—शायद सागर यहाँ हो।
हर मोड़, हर गाम, हर ठौर
उसे मिला—एक और जल
एक और धारा
एक और झरना
एक और नद
एक और त्वरा
एक और उद्वेग
एक और उफान
सबके सब सागर की खोज में थे।
एक-एक कर सब समाहित होते गए उसमें
और बढ़ता चला गया
नन्ही-सी नदी का विस्तार।

बहते-बहते रुक गई है वह,
थम गई है वह।
नहीं, थकी नहीं है वह

किन्तु जहाँ पहुँच गई है—
उसके आगे कुछ शेष नहीं है।
अपने चारों ओर बह-बह कर
लौटना पड़ता है उसे बार-बार स्वयं में।
बहुत गहरी, बहुत विस्तृत, बहुत स्थिर।
किन्तु—बहुत बेचैन है वह।
बार-बार पूछती है—
सागर कहाँ है?
सागर कहाँ है?
कहाँ है सागर?
कोई उसे बता क्यूँ नहीं देता
कि—वह सागर हो गई है।
वह सागर हो गई है।

प्यार

एक : आज मेरे पास कोई काम नहीं है आओ प्यार करें।

दो : एकदम से बहुत बिज़ी हो गया हूँ मैं।
डिस्टर्ब मत करना।
आज का प्यार पोस्टपोन करते हैं
जल्दी ही अगली डेट बताऊँगा।

तीन : अरे यार, मीटिंग कैन्सिल हो गई
बहुत बोरियत हो रही है
क्या तुम एक घण्टे के लिये
फ़्री हो सकती हो? हम प्यार करेंगे।

चार : नहीं कोई ख़ास बात नहीं
इधर से निकल रहा था
थोड़ा वक़्त था मेरे पास
सोचा तुम्हें प्यार करता चलूँ।

पाँच : आज तो मुश्किल है यार
एक ज़रूरी अपॉइन्टमेन्ट है
मिलना-मिलाना भी तो ज़रूरी होता है न
अगर जल्दी फ़्री हो गया तो तुम्हें प्यार करने आऊँगा;
मगर इन्तज़ार मत करना।

छह : ये क्या...
नाराज़ हो गईं। अरे बाबा छोटे-मोटे झूठ,
हल्के-फुल्के बहाने तो चलते ही रहते हैं।
इट्स पार्ट आफ लाइफ़ यार
छोड़ो शिकवे-शिक़ायतें
आओ प्यार करें

सात : जमकर बारिश हो रही है
मौसम कितना रोमांटिक है
किसी भी तरह से आज आऊँगा ज़रूर तुम्हारे पास
आज हम खूब प्यार करेंगे।

आठ : रात के दो बजे हैं
नींद नहीं आ रही है
काम का टेंशन है
मैं आ जाऊँ तुम्हारे पास? प्लीज़
मुझे तुम्हारा प्यार चाहिए।

नौ : बहुत बिज़ी हो गई हो आजकल तुम! थोड़ा-सा वक़्त निकालो।
मुझे तुम्हारा प्यार चाहिये।

दस : क्या कहा? तबीयत ख़राब है?
किसी अच्छे-से डाक्टर को दिखा लो।
देखो लापरवाही मत करना
दवा समय से लेती रहना
जल्दी से अच्छी हो जाओ
टाइम मिलते ही आऊँगा
फिर ख़ूब प्यार करेंगे।
प्यार!!!
अगर-मगर, शर्तों और सहूलियतों के बीच
ये 'प्यार' जैसा लफ़्ज़ कुछ अटपटा
और आउटडेटेड नहीं लगता तुम्हें?
अगर बुरा न मानो तो
इस मनोरंजन के साधन को एक नया नाम दे दूँ?
ये नाम है—टाइम-पास
अच्छा है न?

सुना है ख़ुद को

अक्सर दिखाई दे जाते हैं
कहीं न कहीं—
ख़ुशी के आँसू
लेकिन
क्या कभी किसी ने
ग़म की हँसी
भी सुनी है?
मैंने सुनी है,
अक्सर सुनती हूँ।
बेसाख़्ता खिलखिलाते हुए—
सुना है ख़ुद को मैंने
कितनी ही बार।
हर बार—
हँसी में उड़ जाता है सारा का सारा ग़म
कुछ पल के लिए,
बस
कुछ पल के लिए!!!

स्वीकार

हर नया सम्बन्ध–
मेरा दर्द क्यों बढ़ा जाता है?
मैं उसमें–
वह सब क्यों देख लेती हूँ
जो मुझे नहीं देखना चाहिए?
वह सब क्यों जान लेती हूँ
जो मुझे नहीं जानना चाहिए?
सच!
कितनी सुखद है अनभिज्ञता।
और
कितना कष्टप्रद है सत्य का ज्ञान।
उससे भी अधिक कष्टदायक है–
सत्य को स्वीकारना।
मैं स्वीकार लेती हूँ
हाँ, मैं सत्य को स्वीकार लेती हूँ
शायद इसीलिए
हर नया सम्बन्ध
मेरा दर्द बढ़ा जाता है।

डायरी

रद्दी अख़बार की तरह
मुझे बेच दिया गया
एक कबाड़ी के हाथों।
तराज़ू में तोल—
उसने मेरी क़ीमत आँक दी।

ख़ूबसूरत जिल्द—
जिस पर मेरा शीर्षक लिखा था
उसने नोंच फेंकी।
भार बढ़ाने वाला गत्ते का टुकड़ा—
उसे स्वीकार्य न था।
मैं शीर्षक-विहीन हो गई।
मेरे पृष्ठ फड़फड़ा उठे, कसमसा उठे।
तब, एक भारी बाट रख दिया गया मुझ पर।
और नयी, ताज़ा हवा से वंचित हो गई मैं।
रद्‌दी के गट्ठर के साथ,
वह कबाड़ी मुझे अपने घर ले गया।
वहाँ—
मेरा एक-एक पन्ना फाड़ा गया।
लिफ़ाफ़े बनाए गए—
हल्दी-धनिया-मिर्च रखने के लिए।
कुशल उँगलियाँ लिफ़ाफ़े बना रही थीं।
मेरे पन्नों की पंक्तियाँ टूट-फूटकर
सामने आ रही थीं—

जागो फिर एक बार,
प्यारे जगाते हुए हारे सब तारे तुम्हें...

आली! मैं कण-कण को जान चली
सबका क्रन्दन पहचान चली

बाँसों के झुरमुट में संध्या की छुटपुट
चहक रहीं चिड़िया टी-वी-टी-टुट टुट!

अन्तिम बचे पन्ने को
एक बच्चे ने उठा लिया
हवाई जहाज़ बना
आकाश में उड़ा दिया।
उस पर लिखा था–
इस पथ का उद्देश्य नहीं है
श्रांत भवन में टिक रहना
किन्तु पहुँचना उस सीमा तक
जिसके आगे राह नहीं है।

प्रत्युत्तर

चाहे-अनचाहे
जाने-अनजाने
कितनी ही बार मिले हो तुम मुझे
बस यूँ ही।
तुम, एक ऐसा अनुभूत सत्य
जो सदा बँटा रहा छोटे-छोटे टुकड़ों में।

रंग-बिरंगे फूलों, झूमते-मदमाते पेड़ों,
मासूम मुस्कुराहटों और प्रेमासक्त नेत्रों में
देखा है मैंने तुम्हारा रूप, तुम्हारा रंग।
पत्तियों की सरसराहट, पंछियों की चहचहाहट
नदियों की कल-कल, बूँदों की टप-टप,
बच्चों की किलकारियों और माँ की लोरियों में
सुनी है मैंने तुम्हारी वाणी।

हर सुबह–
सूरज बन उतरे तुम मेरे पोर-पोर में।
तुम्हारे स्पर्श ने–
कभी मेरी ठिठुरन को ऊष्मा दी
तो कभी तुम्हारे तीव्र ताप ने झुलसाया मुझे
शीतल, मन्द समीर बन–
मेरे रोम-रोम को स्पन्दित किया तुमने।

कभी धरा तो कभी पर्वत बन
तुमने मुझे आधार दिया।
आकाश के इस छोर से उस छोर तक
अनुभूत किया है मैंने तुम्हारे विस्तार को।

अपनी प्रेमाभिव्यक्ति के लिए
कितनी देह धारण कीं तुमने
प्रेम का प्रत्युत्तर था प्रेम
किन्तु तुम?
तुम हर बार–
मुझसे प्रेम का अनुदान ले,
ओझल हो गए कहीं।
और छोड़ गए अपने पीछे मूल्यहीन देह
जो मेरे लिए निरर्थक थी।
मैंने तुम्हें, सिर्फ़ तुम्हें चाहा था
जब तुम देह में थे तब भी–
जब तुम देह में नहीं थे तब भी।

जन्म लिया है मैंने एक अपूर्णता के साथ
और प्राप्त करना है मुझे पूर्णत्व,
यही नियम है न तुम्हारी सृष्टि का?
किन्तु तुमने अपने लिए कोई नियम
क्यों नहीं बनाया?
तुम तो सम्पूर्ण हो,
तुम्हें नियमों से क्या भय?
क्या तुम्हारी समग्रता का कोई नियम नहीं?

छला है तुमने सदा-सर्वदा मुझे
छलूँगी मैं अब तुम्हें
अब जब भी, जिस किसी रूप में भी
आओगे तुम मेरे पास
स्वीकार लूँगी मैं तुम्हें एक बार फिर
और
नकार दूँगी स्वयं अपने अस्तित्व को
विलीन हो जाऊँगी मैं–
तुम्हीं में तुम्हारी तरह।
अनुभूत करोगे तुम
मुझे अपने आप में
किन्तु पा नहीं सकोगे मुझे।

सृष्टि के इस छोर से उस छोर तक
व्याप्त हो जाऊँगी मैं
हर पल, हर क्षण, हर जगह
अनुभूति होगी तुम्हें मेरी
किन्तु मैं नहीं मिलूँगी।
एक बार, बस एक बार आना होगा—
तुमको मुझ तक।
अपनी पूर्ण समग्रता के साथ।

सम-बन्ध

हाँ अकेली हूँ मैं, बहुत अकेली,
अनेक छोटे-बड़े सम्बन्धों के बीच।
अकेली हूँ मैं उस पल से जिस पल
सामना हुआ था मेरा एक सत्य से
जो बता गया मुझे कि
हर सम्बन्ध का आधार है–
आवश्यकता
एक दूसरे की आवश्यकता।
बस तभी से–
खुद को बहुत अकेला पाती हूँ मैं
क्योंकि जानती हूँ मैं कि जब
नहीं रहती ये आवश्यकता
तब हो जाता है शिथिल हर सम्बन्ध
और खो बैठता है अपनी सार्थकता।
खोज रही हूँ तभी से–
अपेक्षाओं और स्वार्थों से परे एक
ऐसा सम्बन्ध जो सम-बन्ध हो।
सम-बन्ध
सहज और स्वतः स्फूर्त सम-बन्ध।
जो स्वीकारता हो एक दूसरे को
एक दूसरे की अपूर्णता के साथ।
सम-बन्ध, जो बस होना जानता हो।
सम-बन्ध, जिसका होना मात्र ही सार्थक हो
शायद यह असम्भव हो
शायद यह सम्भव हो
शायद यह खोज मुझे भटका दे।
शायद यह खोज मुझे मंज़िल तक पहुँचा दे।
शायद!!

भगवान और इन्सान

पता नहीं—
तुमने उसे बनाया
या उसने तुम्हें।
किन्तु तुम दोनों ही
एक जैसा खेल खेलते हो,
एक दूसरे के साथ।
थोड़ी-सी मिट्टी
थोड़ा-सा पानी
थोड़ी-सी हवा
थोड़ी-सी आग और
थोड़ा-सा आकाश
लेकर गढ़ते हो तुम
एक खिलौना।
कठपुतली-सा
उसे नचाते हो
अपना मन बहलाते हो
और जब उकता जाते हो
तब—
मिट्टी को मिट्टी
पानी को पानी
हवा को हवा
आग को आग और
आकाश को आकाश में
विलीन कर
समाप्त कर देते हो
अपना खेल।

ठीक ऐसा ही खेल
वो भी खेलता है तुम्हारे साथ।
बड़े ही जतनों से—
कभी दुर्गा तो कभी गणपति
के रूप में साकार करता है वो तुम्हें
और फिर होती है
तुम्हारी प्राण-प्रतिष्ठा।
जब तुम प्रतिष्ठित हो जाते हो,
तब—
पूजा-अर्चन, आरती-स्तुति
फल-फूल, मेवा-मिष्ठान
रोली-अक्षत, नारियल-सुपारी
दीप-धूप, घण्टा-घड़ियाल
के अम्बार लग जाते हैं।
खूब शग़ल रहता है कुछ दिन।
फिर एक निश्चित अवधि
के पश्चात—
झूमते-नाचते
गाते-बजाते
तुम्हारे भक्त
विसर्जित कर देते हैं तुम्हें
जल में और साथ ही
हो जाती है विसर्जित
उनकी—
सारी श्रद्धा
सारी आस्था और
सारी भक्ति।
सागर किनारे, नदिया तीरे
बिखरे तुम्हारे छिन्न-भिन्न अंग
साक्षी हैं इस बात के, कि—
देह धारण कर,
तुम भी टूटते हो
तुम भी बिखरते हो
तुम्हारी भी मृत्यु होती है।

किन्तु–
तुम दोनों के खेल में
एक अन्तर है–
तुम्हारे द्वारा बनाया गया इन्सान
जीवन में सिर्फ़ एक बार मृत्यु को प्राप्त होता है
किन्तु
इन्सान द्वारा बनाए गये भगवान!
तुम्हारी मृत्यु–
अनन्त है...! अनन्त...!

विडम्बना

तुम्हें पाने के लिए—
मैंने अपनी सभी ऊँचाइयाँ छोड़ीं।
अपनी सघनता, वर्ण और स्थिरता त्याग—
तरल, पारदर्शी व गतिमान हुई मैं।
कोई बाधा, कोई अवरोध
नहीं रोक पाया मुझे।
दुस्तर, दुर्निवार रास्तों को—
काटती-छाँटती, टूटती-बिखरती
हर-हरा कर बहती गयी मैं।
मार्ग अवरुद्ध करने वाली प्रत्येक
तप्त पाषाण शिला को सिक्त, स्निग्ध करती,
अनेक जड़ताओं को गति देती
निरन्तर बढ़ती गयी मैं
एक आस, एक विश्वास के साथ।
जहाँ-जहाँ से गुज़री—
सब का सब हरिया गया।
कुछ ने मुझमें पाप धोए
कुछ ने आचमन किया
किसी को क्षमा, किसी को आशीष देती मैं
अन्ततः पहुँच ही गई तुम तक।

किन्तु तुम?

किन्तु तुम थे, धीर, गम्भीर और शान्त।
सो निर्विकार ही रहे।
बाँहें फैला मेरे स्वागत में
एक पग भी नहीं बढ़े तुम।
मैंने सोचा—

'सागर ऐसा ही होता है।'
अपनी नियति को स्वीकार...
अपना अस्तित्व, व्यक्तित्व और स्व
सभी कुछ तुम्हें समर्पित कर
तुम्हीं में विलीन हो गयी मैं
यह थी–
पूर्ण समर्पण की पराकाष्ठा।

किन्तु यह क्या?
इस धीर-गम्भीर शान्त सागर में
कैसे उठ्ठा यह ज्वार?
यह उद्वेलन, यह आलोड़न, यह उफान कैसा?
गगन-चंद्रिका तुम्हें लुभा रही थी।
तुम्हारी लहरों से अठखेलियाँ करती,
लुक-छुप कर तुम्हें उकसा रही थी।
व्यामोह में फँसे तुम
सभी सीमाएँ तोड़ते बढ़ते जाते
आगे...आगे...और आगे...।
उन्मत्त, आह्लादित और उद्वेलित।
तुम्हारी उत्ताल तरंगों के भुजपाश
उछल-उछल कर बाँध लेना चाहते थे
गगन-चंद्रिका को।
कितने व्याकुल थे तुम, कितने आकुल थे तुम
और कितने निरीह...।
आकाश तक पहुँचने का सामर्थ्य
तुममें नहीं था
और गगन-चन्द्रिका अपनी ऊँचाइयों का मोह
नहीं त्याग सकी।
लौटना पड़ा तुम्हें
निराश और हताश
वापस मेरे पास। किन्तु मैं?
मैं तुम्हें सान्त्वना देती भी तो कैसे
मैं तो सर्वस्व समर्पित कर...
तुममें ही विलीन हो चुकी थी।
शायद पूर्ण समर्पण की
यही विडम्बना है।

व्यक्त-अव्यक्त

मेरा और तुम्हारा दर्द
शायद एक ही है।
तुम्हें मेरी पीड़ा का अनुमान हो न हो
मुझे तुम्हारे दर्द का अहसास है।
हम दोनों ही अव्यक्त थे–
तुम अपनी पूर्णता में अव्यक्त,
मैं अपनी अपूर्णता में अव्यक्त।
असहनीय थी दोनों के लिए यह
अव्यक्तता की स्थिति।
उधर टुकड़ों-टुकड़ों में बिखरकर
व्यक्त हो जाना चाहा था तुमने,
इधर टुकड़ों-टुकड़ों में बिखरी मैं
स्वयं को समेट व्यक्त होना चाहती थी।
सम्पूर्ण ब्रह्माण्ड को गर्भ में पोषित कर
जन्मा था इसे जब तुमने
तब–
कितनी पीड़ा! कितना सुख!
कितना कष्ट! कितनी शान्ति!
प्राप्त हुई तुम्हें।
इस छोर से उस छोर तक बिखर कर
व्यक्त हो गए तुम।
अनेक रूप, अनेक रंग, अनेक आकार,
अनेक रस, अनेक भाव, अनेक विचार।
यह तुम थे।

मैं जननी हूँ,

प्रसव-पीड़ा का मर्म मुझसे अधिक
भला और कौन समझेगा?
एक नहीं अनेक बार–
स्वयं को जन्म दे
व्यक्त हुई हूँ मैं अपनी कृतियों में।
हर नये जन्म के साथ बढ़ी हूँ मैं
पूर्णता की ओर।
और गहराता गया है अपूर्णता का अहसास।
खोजती हूँ अब मैं
स्वयं को स्वयं में...।
उधर तुम?
तुम स्वयं को साकार कर
व्यक्त तो हो गये किन्तु–
खो बैठे अपना निजत्व।
अपने आप में सिमट आना चाहते हो
अब तुम, मेरी ही तरह।
स्वयं को
स्वयं में
स्वयं के लिए चाहते हो अब तुम।

मैं अपूर्णता से पूर्णता की ओर
बढ़ रही हूँ,
तुम पूर्णता से परिपूर्णता की ओर।
आओ हम मिलकर–
सम्पूर्ण हो जाएँ।

नारी

उठ्ठो...जागो...चेतो हे नारी!
अब भी तुम क्यों
आँखें मूँदे सोई हो?
कैसी प्रवंचना?
कैसा विभ्रम?
किस भ्रान्ति में खोई हो?
मूँद कर आँखें प्रतीक्षा करती हो तुम
एक पुरुष की अपने उद्धार के लिए।
कोई दे प्रमाण मुझे,
बताए नाम उस पुरुष का—
जो पिता हो, पुत्र हो, पति हो, भाई हो
जिसने निःस्वार्थ उद्धार किया हो नारी का।
जिसने नारी को न छला हो,
नारी का स्वाभिमान जिसे न खला हो।

अहिल्या! याद करो वो दिन—
इन्द्र द्वारा छली गई थीं तुम।
तुम्हारे रिसते हुए घावों पर
सान्त्वना का, स्नेह का, एक भी फाहा
धरा था क्या तुम्हारे पति ने?
शाप दिया था तुम्हें उस व्यक्ति ने,
जिसने अग्नि को साक्षी मान
हर दुख-सुख में
तुम्हारा साथ निभाने का
प्रण लिया था और
बना दिया गया था तुम्हें
निस्पन्द पाषाण-शिला।

समाधिस्थ हो–
वर्षों स्मरण किया था तुमने अपने ईश्वर का
और तब प्रकट हुआ था,
तुम्हारा ईश्वर तुम्हारे उद्धार के लिए।
वो पुरुष नहीं था,
वो पिता, पुत्र, पति, भाई कोई नहीं था।
वो तुम्हारी तपस्या थी
वो तुम्हारी आस्था थी
वो तुम्हारा विश्वास था
वो तुम्हारा राम था।

द्रौपदी! याद है तुम्हें?
जब भरी सभा में–
पाँच-पाँच पतियों और पितामह के होते हुए
दुःसाहसी दुश्शासन चला था।
तुम्हारा चीर-हरण करने।
धरा का धरा रह गया था अर्जुन का 'गाण्डीव'
और किसी काले कुहर में छिप गई थी भीम की गदा।
सो गया था युधिष्ठिर का न्याय।
भीष्म पितामह भी आख़िर
क्या कर पाए?
तुम रोयी थीं, चीख़ी-चिल्लाई थीं,
हर एक के आगे कितना गिड़गिड़ाई थीं,
तब कौन था जिसने तुम्हारी लाज बचाई थी?
वो पुरुष नहीं था,
वो पिता, पुत्र, पति, भाई कोई नहीं था।
वो तुम्हारी श्रद्धा थी
वो तुम्हारी भक्ति थी
वो तुम्हारी आराधना थी
वो तुम्हारा हरि था।

सीता!
अग्नि की वेदी से
साफ़ निष्कलंक निकली थीं तुम।

किन्तु क्या फल मिला था तुम्हें
उस अग्नि-परीक्षा का?
जंगल-जंगल भटकी थीं तुम
उसके पुत्रों को लेकर—
जिसके लिए तुमसे अधिक
महत्त्वपूर्ण था उसका राज्य-सिंहासन।
जिसके लिए, पहले भी
स्वेच्छा से सर्वस्व त्याग
बनवासिनी बनी थीं तुम।
नहीं सीते,
तुम्हें कोई अग्नि-परीक्षा नहीं देनी थी।
तुम्हारे सतीत्व का प्रमाण माँगने का
अधिकार किसी को नहीं था, किसी को भी नहीं।
तुम्हारा सतीत्व तुम्हारा था,
अपना था निजी था
फिर भी तुम अग्निपरीक्षा दे बैठीं।
क्यों सीते?
क्यों?
कौन था तुम्हारे सतीत्व का रक्षक?
वो पुरुष नहीं था,
वो पिता, पुत्र, पति, भाई कोई नहीं था।
वो तुम्हारा ओज था
वो तुम्हारा तेज था
वो तुम्हारी शक्ति थी
वो थीं तुम, स्वयं तुम

रे नारी!
क्यों नहीं है याद तुम्हें कि
तुम वो सावित्री हो—
जिसके आगे यम भी हारा था।
तुम वो विद्योत्तमा हो—
जिसकी उपेक्षा ने
एक मूढ़ को कालिदास बनाया।
तुम वो रत्ना हो—

जिसकी उल्लाहना ने
एक दीवाने को तुलसीदास बनाया।
तुम वो अनुसूईया हो–
जिसकी गोद में
ब्रह्मा-विष्णु-महेश
शिशु बन खेले थे।
तुम वो शक्ति हो–
जिसने महिषासुर का वध किया।
तुम वो सरस्वती हो–
जिसने विद्या का दान दिया।
तुम वो लक्ष्मी हो–
जिसने धन को मान दिया।
तुम वो अन्नपूर्णा हो–
जिसने जगत् की क्षुधा मिटाई।
तुम वो कल्याणी हो–
जिसने संसार का कल्याण किया।
सर्वत्र तुम्हारा ही प्रताप है।
स्वयं ईश्वर भी तो–
'अर्द्धनारीश्वर' है
और उसमें भी–
नारी का स्वर ही मुखर है।

तो उठ्ठो, जागो, चेतो, आगे बढ़ो
अपना अधिकार लो,
अपनी सत्ता को जानो,
अपने आप को पहचानो
भस्म कर दो–
निरीह, अबला, बेचारी, दलित, शोषित जैसे शब्द
आत्म-शक्ति से।
बन जाओ स्वयंसिद्धा।
कूद पड़ो जीवन-समर में
निर्भय, र्निद्वन्द्व
तुम्हारी विजय निश्चित है।

सतीत्व

अब कोई सीता न देगी अग्नि-परीक्षा यहाँ।
राम यदि विश्वास हो तो आकर
हाथ थाम लो।
यदि नहीं विश्वास तो व्यर्थ राज्य का नाम न लो
सीता के हृदय में तो
अविश्वास का बीज तक जन्मा नहीं;
फिर तुम्हारी दृष्टि में प्रश्न-चिह्न किसलिये?
तुम पुरुष हो, वह स्त्री बस इसीलिए—
सीता को अग्नि की वेदी पर बिठा
अपनी महानता का प्रमाण दे दिया तुमने।
स्त्री का सतीत्व मात्र शारीरिक है
मूक समर्थन दे दिया तुमने किन्तु
क्या कभी सोचा तुमने कि—
यदि रावण के क्रूर हाथों से
सीता न बच पाती तो क्या होता?
अपने सतीत्व का प्रमाण
सीता न दे पाती तो क्या होता?
समाज की तरह क्या तुम भी
उसे अपवित्र मान लेते?
या
उसकी स्वच्छ आत्मा को स्वीकार लेते?
बोलो राम! चुप क्यों हो?
राम, तुम्हें उत्तर देना होगा—
सीता पवित्र थी, सीता पवित्र है,
सीता पवित्र रहेगी तुम्हें कहना होगा।
अब कोई सीता न देगी अग्नि-परीक्षा यहाँ।

अब कोई द्रौपदी पाँच पाण्डवों से न ब्याही जाएगी।
जो माँ ने कहा मिल बाँट लो, और वह बस बँट गई।
अर्जुन यदि पति हो तो बढ़कर
पति का अधिकार लो।
जो नहीं पुरुषार्थ तो व्यर्थ माँ की आड़ न लो
अपनी ब्याहता को प्रसाद-सा बँटता कैसे देख सके?
जेठ और देवर का रिश्ता बदलता कैसे देख सके?
धिक् तुम्हें–
हे अर्जुन, भीम, युधिष्ठिर, नकुल, सहदेव!
एक साथ पति होने का दम्भ भरा था पाँचों ने
और
लगा दिया दाँव पर पत्नी को दस-दस बलिष्ठ हाथों ने।
अब कोई द्रौपदी दाँव पर न लगाई जाएगी।
यह तुम्हारी व्यक्तिगत सम्पत्ति नहीं है कि–
जब चाहा, जहाँ चाहा उठाकर दे दिया।
न ही मृग-शावक सी निरीह है यह,
भवानी, दुर्गा, चण्डिका, काली नाम हैं इसके
है किस दुश्शासन के हाथों में बल जो
पांचाली का चीर-हरण करे?
क्रूर काल-सर्पिणी सी फुफकारती,
दुर्योधन के पूरे कुटुम्ब को डँस जाएगी
और हे पाँच-पाँच माटी के माधव!
तुम्हारे माथे के कलंक को भी धो जाएगी।
अब कोई द्रौपदी दाँव पर न लगाई जाएगी।

पहाड़ी फूल

ऐ मेरे प्यारे जंगली-पहाड़ी फूल!
तुम्हारा मूल्य कोई इसलिए नहीं जानता–
क्यूँकि तुम अनायास ही उग आये हो।
कभी किसी माली ने–
तुम्हारे लिए क्यारी नहीं बनाई,
तुम्हें यत्नों से सींचा नहीं गया,
तुम्हारे लिए देशी-विदेशी खादें नहीं मँगाई गयीं;
फिर भी तुम खिल उठे।
यह तुम्हारी जिजीविषा-शक्ति थी जिसने–
तुम्हें पहाड़ का सीना चीर कर
उगना सिखाया,
हँसना सिखाया,
मुस्कराना सिखाया
कोई तुम्हें अपने गुलदान में नहीं लगाएगा
तुम्हारी सुगन्ध, तुम्हारे सौरभ को–
यह भौतिकवादी मनुष्य कभी नहीं सराह पाएगा
लेकिन, ऐ मेरे उपेक्षित दोस्त,
मेरे लिए तुम
अमीरों की क्यारी में खिले गुलाब से
कहीं अधिक श्रेयस्कर हो क्योंकि
तुम्हें उगने के लिये किसी माली,
किसी क्यारी, किसी खाद
का आश्रय नहीं चाहिये।
अपने उद्‌भव और विकास के लिये
तुम स्वयं समर्थ हो

झूठ

क्या कभी तुमने
झूठ को सच बनते हुए देखा है?
नहीं न! अब देखोगे।
कितना आसान है तुम्हारे लिए
झूठ बोलना।
है न! अब नहीं होगा।
क्यूँ कह दिया था तुमने
बस यूँ ही खेल-खेल में
"मुझे प्रेम हो गया है तुमसे और
पाना चाहता हूँ मैं तुम्हें पूर्ण रूप से।"
क्यूँ कह दिया तुमने
बिना यह जाने कि–
प्रेम का अर्थ
पाना नहीं खोना है,
अपने आप को खोना।
क्यूँ खेला तुमने यह खेल
मुझ अनाड़ी के साथ?
मैंने पूर्ण आस्था और विश्वास के साथ
स्वीकार कर लिया तुम्हारा प्रणय-निवेदन।
अब तुम चाहो या न चाहो,
प्रेम का प्रत्युत्तर तो प्रेम ही है।
प्रेम तो प्रेम में विलीन होगा ही
कोई विकल्प नहीं है तुम्हारे पास।
प्रेम की परिधि से पार पाना
न तुम्हारे वश में है, न मेरे।
तुम्हें क्या पता था–

किसी को सम्पूर्ण रूप से पाना
समर्पण का दूसरा नाम है।
स्वयं समर्पित हो जाओगे तुम
और झूठ सच बन जाएगा।
झूठ तो ख़ैर अब भी
बोलोगे तुम, तुम्हारी आदत जो है।
लेकिन–
यह झूठ तुम अपने आप से बोलोगे–
कहोगे–
"नहीं मैं समर्पित नहीं"
"ये तो बस एक खेल था"
इस बार,
आसान नहीं होगा,
झूठ बोल पाना।
बहुत पीड़ा होगी
बहुत कष्ट होगा
टीस! हूक! आह! कसक!
और लाचारी,
सब तुम्हारे सच बनते
झूठ के साक्षी होंगे।

तथास्तु

एक थी—प्रकृति की
अद्वितीय देन।
रूप-लावण्य, कला-प्रज्ञा का
अद्भुत समन्वय।
जीवन के सत्य को जानती थी वह।
जीवन-गति को पहचानती थी वह।
हर-हरा कर बह जाना चाहती थी
किसी पर्वतीय सरिता-सी,
इस छोर से उस छोर तक
और
चाहती थी—
निर्बाध, निःशंक, निःसीम निर्वाण।
भय उसकी प्रकृति में नहीं था;
और हारना उसने सीखा न था।
महत्त्वाकांक्षा और सामर्थ्य
दोनों ही पाये थे उसने।
अदम्य साहस की एकछत्र सम्राज्ञी थी वह।
और चाहती थी
सकारात्मक क्रियात्मकता का
अनुपम, अपरिमित, अतुलनीय प्रतिफलन।

एक कठोर पाषाण-शिला को देख—
उद्वेलित हुआ भावुक हृदय,
कल्पना ने स्वप्निल पंख पसारे,
करवट ली विचार-शृंखला ने।
प्रेरित हो, छैनी-घन ले—

लगी तराशने हौले-हौले
कठोर पाषाण शिला को
वह कृत संकल्प नारी।

दिन बीते, रातें बीतीं...
अनवरत, सतत, प्रयत्नशील वह
डूबी रही अपनी धुन में।
अथक परिश्रम रंग लाया
कल्पना का साकार रूप सामने आया।
अब बन गया था वह पाषाण—
एक पुरुष।
एक परिपुष्ट पुरुष।

विस्तृत ललाट पर खिंची हुई
प्रत्यंचा-सी सघन भ्रू-रेख,
शान्त, स्निग्ध, स्थिर नेत्र,
सुती हुई नासिका पर उभरे सुदृढ़ नासापुट,
पीन, पुष्ट, वर्तुलाकार अधरोष्ठ,
तनी हुई सबल ग्रीवा पर नुकीली चिबुक,
विशाल वक्षस्थल पर उभरी मांसल मांसपेशियाँ,
कठोर भुजमूलों पर दमकती स्फीत शिराएँ।
अंग-अंग से फूटता था पौरुष।
प्रतिमा नहीं, वह थी पुरुषत्व की पराकाष्ठा।
मुग्ध थी वह स्वयं अपने सृजन,
अपनी रचना-शक्ति पर।
निर्निमेष निहारती थी वह—
चकित, अभिभूत-सी।

किन्तु फिर भी—
कुछ कमी तो रह गई थी
शेष है अब भी कहीं कुछ...।
मन ही मन वह कह रही थी—
किसलिए है मूक-स्थिर यह पुरुष?
क्यों नहीं स्पन्द इन स्फीत शिराओं में?

क्यों नहीं फड़कन हुई मांसल भुजाओं में?
क्यों नहीं है रक्त का संचार?
क्यों नहीं इसमें कोई उन्माद?
रह गयी कृति क्या अधूरी आज भी?
होगी कभी पूरी न क्या एक साध भी?
हार कर थक बैठना जाना न उसने,
है असम्भव कुछ यहाँ माना न उसने

वहीं समाधिस्थ हुई वह जीवट नारी
एकमात्र आत्म-विश्वास के साथ।
दिन बीतते गए...।
सहसा!
थम गया काल-चक्र।
थर्रा उठा प्रजापति का सिंहासन–
कौन? कौन है?
कौन करना चाहता है यह अतिक्रमण?
किसका साहस हो गया ऐसा विलक्षण?
तोड़ दे संकल्प अपना,
छोड़ दे यह हठ,
तोड़ दे अपनी प्रतिज्ञा,
त्याग दे यह प्रण।
किन्तु, वह हठी नारी न मानी
न थकी और न ही हारी
बस एक ही रट,
एक इच्छा, एक ही थी चाह
कुछ भी हो पाकर रहेगी
अन्तिम सत्य की थाह।
तथास्तु, किन्तु–
एक शर्त मेरी भी सुन ओ हठी सन्तान!
कान में कुछ कह, प्रजापति हुए अन्तर्ध्यान।
आज प्रसन्नता का पारावार न था।
आज अधूरा कोई भी उद्गार न था।
भाव-विभोर हो, धीरे से–
स्पर्श किया उसने निज कल्पना का साकार मस्तक।

स्थिर पुतलियाँ धीरे से हिलीं,
पलकें झपकीं,
नस-नस में दौड़ गया रक्त का संचार,
फड़क उठीं मांसल मांसपेशियाँ,
तड़क उठीं दप-दप कर धमनियाँ,
स्पन्दित हुई समूची देहराशि।
देख रही थी वह—
स्वनिर्मित मनुज को
हतप्रभ-सी
कि
थरथराये प्रतिमा के अधर,
एक अस्पष्ट शब्द फूटा—
तु......म:..
फिर स्पष्ट
तुम
एक बार, दो बार, बार-बार...
गूँज उठा सकल आकाश,
तुम के अनहद नाद से।

पाषाण—कब से प्रतीक्षारत था मैं
हर पल, हर क्षण
कट-कट कर, बिखर-बिखर कर;
अनुभूत किया है मैंने बस—
तुम्हें...मेरा एकमात्र अनुभूत सत्य हो—
'तुम'।

नारी—नहीं-नहीं तुम तो पाषाण थे,
स्पन्दनहीन, भाव-शून्य पाषाण।
ये विचार, यह संवेदना तुममें कहाँ??

पाषाण—भूल गईं तुम?
सर्वप्रथम संवेदना का जल छिड़क
कोमल उँगलियों से सहलाया था तुमने।
मुझ पाषाण को मोम-सा गलाया था तुमने।
पोर-पोर भावनामय हो गया था मैं।
भीतर ही भीतर पिघल कर बह गया था मैं।

तुम्हारी कल्पना में पल-पल
ढलता रहा हूँ मैं।
स्वयं को सौंप तुम्हारे हाथों
टूटता-बनता रहा हूँ मैं।
तुम्हारा एक-एक स्पर्श,
मेरी देह में उभार बन अंकित है।
तुम्हारा प्रत्येक श्रम-सीकर,
मुझमें स्निग्धता बन संचित है।
तुम्हारी देह की सुगन्ध
मेरे रोम-रोम में समाई है।
तुम्हारा अस्तित्व ही मेरे स्व की
एक मात्र सच्चाई है।
कितनी ही बार–
क्लान्त हो, मेरी छाया में विश्राम किया तुमने।
कितनी ही बार–
तुम्हारी ऊष्म-शीत निःश्वास
इस वज्र वक्षस्थल से टकरा कर लौट गयी
किन्तु मैं?
किन्तु मैं मूक-स्थिर, विवश, कातर
सदा ही अव्यक्त रहा। अव्यक्त।
आज...आज मिली मुझको अभिव्यक्ति।
स्वीकारो मेरी अनुरक्ति।
तुम ही तुम सदा समायीं मुझमें,
चाहता हूँ मैं समाना आज तुममें।

चुम्बकीय आकर्षण से
खिंचती जाती थी वह गर्विता।
अपने ही बाणों से बिंधती जा रही थी वह गर्विता
बलिष्ठ भुजाओं ने थाम ली थी
जीर्ण-पत्र सी थरथराती काया
नहीं-नहीं कहती समर्पित होती जाती
कैसा इन्द्रजाल था?
कैसी थी माया?
राशि-राशि बिखर जाना चाहती थी वह

मोम बनकर पिघल जाना चाहती थी वह
कैसा मोहक था यह उन्माद?
कैसा अद्‌भुत था यह प्रमाद?
सहसा...?
कुछ याद कर छिटक गयी वह
नहीं-नहीं
प्रजापति को यह स्वीकार नहीं
ईश्वर ने दिया हमें यह अधिकार नहीं
नहीं-नहीं-नहीं।

पाषाण—कौन प्रजापति?
कैसा ईश्वर?
मेरी नियामक तुम!
मेरी नियन्ता तुम!
मेरी रचयिता तुम!
मेरी स्रष्टा तुम!
मेरी श्रद्धा तुम!
मेरी पूजा तुम!
स्वीकार लो मेरा समर्पण...
प्रेम का अनुदान दो
चिर-प्रतीक्षित हूँ तुम्हारा
अब मिलन का मान दो
बहने दो...मुझको बहने दो
संयम की दीवार प्रिये
ढहने दो...अब तो ढहने दो
मैं प्यासा हूँ, कब से प्यासा हूँ
यौवन का मधुरस पीने दो

अपनी कृति से हारी नारी,
अपनी कृति पे वारी नारी।
मौन हुई वह कुछ न बोली,
मुँदीं आँखें फिर न खोली।
शिथिल हो गए अंग सभी,
बाक़ी न रहा कोई प्रतिरोध।

टूटे बन्धन, टूटा सयंम,
वह झुकता जाता निर्विरोध।
मिल गये अधर-अधरों से,
सिल गये अधर-अधरों से।
एक सिसकी...! एक हिचकी...!

शान्त, स्तब्ध नीरव सन्नाटा,
तड़ाक से कौंधी आकाश में तड़ित।
प्रजापति मुस्कराये।
हतभागा बलिष्ठ भुजाओं में
थामे खड़ा था—
एक पाषाण-प्रतिमा।

आम औरत

तुमने मेरी क़ीमत शायद
कभी इसलिए नहीं जानी
क्यों कि मैं
तुम्हारे सामने हमेशा
एक आम औरत रही।
खाना बनाती बर्तन धोती, सीती-पिरोती
एक आम, औरत।
महरिन से झक लड़ाती, नौकर पर रौब जमाती
एक आम औरत।
बच्चों पर ममता लुटाती, उनके झगड़े सुलटाती
एक आम औरत।
घर सजाती-सँवारती, रिश्ते सहेजती-निभाती
एक आम औरत।

तुम्हारे सामने मैं
वो हूँ जो हूँ।
सहज सरल निश्छल।
खुशी मिली—हँस दी।
दुःख हुआ—रो पड़ी।
गुस्सा आया—झगड़ ली।
प्यार आया—उँड़ेल दिया।
प्यार चाहा - माँग लिया।
घर-परिवार में रचा-बसा
मेरा तन-मन
तुम्हारे सामने हमेशा
एक खुली किताब सा रहा,
जिसे तुमने जब चाहा पढ़ा

जब चाहा बन्द किया।
बस इसीलिए मैं
एक आम औरत हो गई।

लेकिन घर के बाहर भी
एक दुनिया है।
इस दुनिया के लोग
मुझे ख़ास मानते हैं
जानते हो क्यों?
क्योंकि मैं
इन लोगों की पहुँच से
दूर हूँ। बहुत दूर।

मजाल है जो किसी के सामने
मेरी आँखें छलछला जाएँ।
बड़े सलीक़े, बड़े करीने से
कभी मुस्करा कर
तो कभी ठहाका लगाकर
हर ग़म को
हवा में उड़ा देने का हुनर
मुझे लोगों की नज़रों में
ख़ास बना देता है।
जब भी टूटती-बिखरती हूँ
खुद को खुद में ही समेट लेती हूँ
किसी कन्धे, किसी सहारे की
ज़रूरत नहीं होती मुझे।
सहारा देने के लिए बढ़े
हर हाथ को सधन्यवाद
बैरंग लिफ़ाफ़े-सा लौटा देना
लोगों को आकर्षित करता है
और मैं ख़ास हो जाती हूँ

जब लोग मेरे तन-मन की
थाह नहीं ले पाते तब
एक अनबूझ पहेली बन
उन्हें विस्मित कर मैं

"ख़ास" हो जाती हूँ।

घर के बाहर की इस दुनिया में मैं
हर भावना, संवेदना और इच्छा
की लगाम कसे
ज़िरहबख़्तर पहने
अस्त्र-शस्त्र से लैस
उस सतर्क सैनिक
के समान होती हूँ
जिसे कभी भी
युद्ध का सामना
करना पड़ सकता है।

ये सजग सतर्क मुस्तैद
और रहस्यमयी औरत
लोगों के लिए ख़ास है
बहुत ख़ास

अजब विडम्बना है
तुम जिसकी हर अच्छी-बुरी बात
मेरे लिए बहुत अहमियत रखती है
उसकी नज़र में मैं
कभी ख़ास नहीं हो सकी।
और 'वे'
जिनकी व्यक्तिगत सोच से
मुझे कोई सरोकार नहीं
उनके लिए मैं
ख़ास हूँ
बहुत ख़ास।

मुझसे कुछ कम़ या कुछ ज़्यादा
हर औरत ऐसी ही तो होती है
तुम ही सही हो।
मैं एक आम औरत हूँ।
आम औरत।

गुनाह

मैं
ख़ुदा को हाज़िर-नाज़िर मानकर
कहती हूँ—
जो कहूँगी सच कहूँगी,
सच के सिवा कुछ नहीं कहूँगी।
जी हाँ, मैं गुनहगार हूँ!
और
मुझे अपने हर गुनाह की
सज़ा चाहिए।
मेरा पहला गुनाह यह है कि—
मैं एक औरत हूँ।
मेरा दूसरा गुनाह यह है कि—
मैंने अपने वुजूद को
जाना, माना और मनवाया।
मेरा तीसरा गुनाह यह है कि—
मैंने अपने लिए भी
जीना चाहा और जिया।
सोचती हूँ—
एक गुनाह और कर लूँ—
मर जाऊँ
अपने सिर्फ़ अपने लिए
इस नाक़र्दा गुनाह की भी
कोई सज़ा मुकर्रर है क्या?

"मैं"

काश! मेरी जिज्ञासा,
जिज्ञासा मात्र ही रह जाती
प्रश्नों का अम्बार बन
मुखरित न होती।
काश! मेरे जीवन की खोज,
खोज मात्र ही रह जाती,
कभी पूरी न होती।

आज –
अपने सभी प्रश्नों के उत्तर लिए
नितांत अकेली, विवश बैठी हूँ मैं
उस क्षण की प्रतीक्षा में
जिस क्षण समाप्त होंगे
सारे के सारे प्रश्न
सारे के सारे उत्तर
और पूरी की पूरी
"मैं"।

ग़ज़लें

सब्र का ज्वालामुखी धधका है फूटेगा ज़रूर
सुर्ख़ लावा बह चला है बाँध टूटेगा ज़रूर

1

वो नहीं मेरा मगर उससे मुहब्बत है तो है
ये अगर रस्मों, रिवाजों से बग़ावत है तो है

सच को मैंने सच कहा, जब कह दिया तो कह दिया
अब ज़माने की नज़र में ये हिमाक़त है तो है

कब कहा मैंने कि वो मिल जाए मुझको, मैं उसे,
ग़ैर ना हो जाए वो बस इतनी हसरत है तो है

जल गया परवाना तो शम्मा की इसमें क्या ख़ता
रात भर जलना-जलाना उसकी क़िस्मत है तो है

दोस्त बनकर दुश्मनों-सा वो सताता है मुझे
फिर भी उस ज़ालिम पे मरना अपनी फ़ितरत है तो है

दूर थे और दूर हैं हरदम ज़मीनो-आसमाँ
दूरियों के बाद भी दोनों में क़ुर्बत है तो है

2

सब्र का ज्वालामुखी धधका है फूटेगा ज़रूर
सुर्ख़ लावा बह चला है, बाँध टूटेगा ज़रूर

लील जाएगा सभी कुछ आग का दरिया मगर
राख का इक ढेर पीछे फिर भी छूटेगा ज़रूर

सच को सचमुच जानने से पहले इतना जान लो
सच का ये अहसास जी का चैन लूटेगा ज़रूर

खोजने निकले हैं खुद को, खोज ही लेंगे कभी
हाँ, ख़ुदी की खोज में घर-बार छूटेगा ज़रूर

ख़ुश हैं अपने ख़्वाब में हम, हमको ख़ुश रहने भी दो
यह तो हमको भी पता है ख़्वाब टूटेगा ज़रूर

3

कैसा प्यार, कहाँ की चाहत, मैं बस एक ज़रूरत हूँ
पूजो-तोड़ो कुछ भी करो अब मैं पत्थर की मूरत हूँ

कितने ही आईने बदलो, अक्स बदल कब पाओगे
देखोगे हर बार मुझे ही अब मैं तुम्हारी सूरत हूँ

इश्क़ हक़ीकी हो कि मजाज़ी, जो भी है आशिक़ से है
तुम सच्चे आशिक़ बन जाओ, मैं माक़ूल महूरत हूँ

दुनिया की हर शै में मुझको सिर्फ़ बदी ही दिखती है
बदबीनी के इस आलम में, मैं सबसे बदसूरत हूँ

लाख करो कोशिश तुम लेकिन मुझको समझ न पाओगे
जाओ पहले पढ़ना सीखो, मैं क़ुरआन की सूरत हूँ

4

जिससे हमने ख़ुद को देखा, तुम वो एक नज़रिया थे
ख़ुद को खोकर ख़ुद को पाया, तुम तो केवल ज़रिया थे

सारा का सारा खारापन, हमने तुमसे पाया है
तुमसे मिलने से पहले तो, हम इक मीठा दरिया थे

जोग लिया, फिर ज़हर पिया, मीरा सचमुच दीवानी थी
तुम अपनी पत्नी, गोपी और राधा के साँवरिया थे

मख़मल की ख़्वाहिश थी तुमको, साथ भला कैसे निभता
हम तो संत कबीरा की, झीनी-सी एक चदरिया थे

अब समझे, क्यूँ हर चमकीला रँग फीका पड़ जाता था
बात असल में यह थी हम ही सीरत से केसरिया थे

5

बेहद बेचैनी है लेकिन मक़सद ज़ाहिर कुछ भी नहीं
पाना-खोना, हँसना-रोना, क्या है आख़िर कुछ भी नहीं

अपनी-अपनी क़िस्मत सबकी, अपना-अपना हिस्सा है
जिस्म की ख़ातिर लाखों सामां, रूह की ख़ातिर कुछ भी नहीं

उसकी बाज़ी, उसके मोहरे, उसकी चालें, उसकी जीत
उसके आगे सारे माहिर, क़ादिर, शातिर कुछ भी नहीं

उसका होना या ना होना ख़ुद में ज़ाहिर होता है
वो है तो फिर भीतर ही है वर्ना बाहिर कुछ भी नहीं

दुनिया से जो पाया उसने, दुनिया को ही सौंप दिया
दुनिया की हैं ग़ज़लें-नज़्में, क्या है शाइर कुछ भी नहीं

6

रहें ख़ामोश हम कब तक, जो बोलें भी तो बोलें क्या
अजब-सी बेक़रारी है, कहीं सर रखके रो लें क्या

बहुत-सी रौशनी है फिर भी कुछ दिखता नहीं हमको
बहुत जागी हैं ये आँखें, कहीं मुँह ढँक के सो लें क्या

न जाने कब से दस्तक दे रहा है प्यार से कोई
ये दिल का बन्द दरवाज़ा कभी हौले से खोलें क्या

सफ़र कटता नहीं तनहा, बहुत गहरी उदासी है
भुला के उसको इस दिल से, किसी के हम भी हो लें क्या

जिसे हसरत हमारी है हमें भी उसकी चाहत है
ये राज़े-जुस्तजू हम भी कभी भूले से खोलें क्या

7

वो मेरे आस-पास था, क्यूँ था?
और बेहद उदास था, क्यूँ था?

प्यास थी बेपनाह और मय थी
फिर भी .खाली गिलास था, क्यूँ था?

.ख्वाब ताबीर हो के आया था
और ये दिल उदास था क्यूँ था?

वो तो शैदा था शोख़ रंगों का
आज सादा लिबास था, क्यूँ था?

जो उड़ाता था होश लोगों के
आज खुद बदहवास था, क्यूँ था?

यूँ तो रिश्ता कोई न था लेकिन
मेरी ख़ातिर वो ख़ास था, क्यूँ था?

8

है काग़ज़ पे लिक्खी हुई ज़िन्दगानी
औ' चारों तरफ़ सिर्फ़ पानी ही पानी

बहुत फ़र्क़ है, फिर भी है एक जैसी
हमारी कहानी, तुम्हारी कहानी

न था कुछ, न होगा, जो है हाल ही है
था माज़ी भी फ़ानी, है फ़र्दा भी फ़ानी

तेरे पास ऐ ज़िन्दगी अपना क्या है
जो है साँस आनी, वही साँस जानी

फ़क़त जिस्म ही, जिस्म से मिल रहे हैं
ये कैसी जवानी? ये कैसी जवानी?

9

कहाँ से चले थे, कहाँ आए हैं हम
ये बदले में अपने, किसे लाए हैं हम

नहीं फ़र्क़ अपने-पराए में कोई
सभी अजनबी हैं जहाँ आए हैं हम

हमें कोई समझा नहीं तो गिला क्या
कहाँ ख़ुद ही ख़ुद को समझ पाए हैं हम

इन्हें भी शिकायत, उन्हें भी गिला है
ख़ुदा बनके बेहद ही पछताए हैं हम

ज़रा-सा रुको फिर नई चोट देना
अभी तो ज़रा-सा सम्हल पाए हैं हम

बुरे से बुरा जो भी होना है हो ले
जो सबसे बुरा था वो सह आए हैं हम

10

किस बात पर ये ख़त्म हो जो बात हो गई
जिस बात की बेबाक़ शुरूआत हो गई

सच बोलने के जुर्म की ऐसी मिली सज़ा
पूरी की पूरी ज़िन्दगी सुकरात हो गई

मर्दों का ज़ेह्न जिस्म से आगे न बढ़ सका
बदनाम फिर भी औरतों की ज़ात हो गई

इक रूह ने जाते हुए ये जिस्म से कहा
ले देख ले अब क्या तेरी औक़ात हो गई

तन्हा हुए तो ज़िन्दगी का फ़लसफ़ा मिला
उसकी जफ़ा भी हमको तो सौग़ात हो गई

11

सारे जीवन के बदले में, कुछ लमहे जी लेने दो
सागर कब माँगा है हमने, कुछ क़तरे पी लेने दो

ख़ुशियाँ तो ख़ुशियाँ होती हैं, तेरी-मेरी-उसकी क्या
बेवजह नाख़ुश रहते हो, ख़ुद को हँस भी लेने दो

क़िस्मत जाने क्या रंग लाए सोचके सहमे रहते हो
ऐसा भी घबराना क्या, होनी को हो ही लेने दो

झूठे वादे, टूटी क़समें, जीवन का सरमाया है
किस-किस ग़म का रोना रोएँ छोड़ो हँस ही लेने दो

जी न सको तो मर कर देखो, ख़ुद जीना आ जाएगा
मौत तजुर्बा हो जाएगी, उसको आ ही लेने दो

12

क्या बताऊँ मैं, कहाँ मेरा ख़ुदा है
मेरे भीतर है, मगर मुझसे जुदा है

ना कोई सूरत, न कोई नाम है वो
नक़्श उसका फिर भी हर शै पर ख़ुदा है

कर सको महसूस, तो महसूस कर लो
वो है वो अहसास जो सबसे जुदा है

बात छोटी-सी, समझ पाओ तो समझो
ख़ुद से ख़ुद जो आ मिले ख़ुद में ख़ुदा है

ज़िन्दगी है दूर तक फैला समंदर
जिस्म कश्ती, रूह उसका नाख़ुदा है

13

हम पर तरस न खाओ कोई
बस अब सज़ा सुनाओ कोई

कबसे कहा नहीं कुछ तुमने
फिर इल्ज़ाम लगाओ कोई

डूब रहे हैं ख़ामोशी में
अब तूफ़ान उठाओ कोई

धड़कन बन्द हुई जाती है
गहरी चोट लगाओ कोई

टूट रहे हैं हँसते-हँसते
देकर ख़ुशी रुलाओ कोई

14

अबकी तो हम भी एक अजब चाल चल गए
ठिठका ज़रा-सा वक़्त हम आगे निकल गए

हैरां-सी हमको ढूँढती फिरती है ज़िन्दगी
हम ज़िन्दगी के बीच से होकर निकल गए

कुछ इस तरह से वक़्त ने माहिर किया हमें
हम वक़्त को ही वक़्त के मानिन्द छल गए

सूरज है क्या, ये आज हमने जान तो लिया
अब क्या हुआ उड़ान में जो पर ही जल गए

हम भी वही हैं, आप भी, हालात भी वही
सब कुछ वही है आज भी बस मन बदल गए

15

वो क्या है जिसे रात-दिन सोचते हैं
जो है ही नहीं क्यूँ उसे खोजते हैं

हो लमहों की चोरी कि चोरी के लमहे
ख़तावार सदियों सज़ा भोगते हैं

किसी को भी सच की ज़रूरत नहीं है
हमीं सरफिरे हैं जो सच बोलते हैं

कई झूठ हमको भी प्यारे हैं लेकिन
निकलता है सच ही जो लब खोलते हैं

सफ़र दर सफ़र हमसफ़र बस सफ़र है
कहाँ से कहाँ हम कहाँ सोचते हैं

हमारा नहीं था, हमारा नहीं है
किसे खो दिया फिर ये, हम सोचते हैं

ज़मीं, आस्मां, आग, पानी, हवा के
परे और क्या, और क्या सोचते हैं

16

यारब तू मुझे मेरे गुनाहों की सज़ा दे
या मुझको गुनाहों के लिये अपनी रज़ा दे

अब ख़त्म भी हो जाए ये अहसासे नदामत
कर इतनी इनायत कि मुझे आज कज़ा दे

खुद अपने गुनाहों को क़ुबूलेगा कहाँ वो
उस शख़्स के हिस्से की भी, ला मुझको सज़ा दे

तकता है मेरे मुँह को वो रह-रहके भला क्यूँ
पत्थर का कलेजा है, वो जी भर के अज़ा दे

रोऊँ तो परीशां हो, हँसी उसको खले है
अल्लाह किसी दिल को न इतनी भी जज़ा दे

17

काश सबके दिल में हम कुछ इस तरह से रह सकें
सब हमारे हों न हों, सब हमको अपना कह सकें

हम हैं, क्या, क्यूँ हैं, कहाँ हैं, जान लेंगे लोग भी
गर हमारी रूह के सँग, रूह बनकर रह सकें

दो हमें ग़म जितने देने हों, मगर मोहलत भी दो
ताकि हम हिम्मत जुटाकर, हर नया गम़ सह सकें

या ख़ुदा इस रूह को अब जिस्म से कर दे जुदा
ताकि हम अहसास बस अहसास बनकर रह सकें

हम चलो इन्सां हैं लेकिन आप तो भगवान हैं
कौन है ऐसा कि जिससे आप दुख-सुख कह सकें

18

उसको गुमां कि झूठ अपना काम कर गया
हम इस सबब से चुप थे कि अहसास मर गया

जज़्बात पे कुर्बानियाँ लेकर उसूल की
ठहरा नहीं वो प्यार फिर, जाने किधर गया

या तो सही है सब ही कुछ, या फिर सभी ग़लत
ये जानके अब क्या जिएँ, दिल जी के भर गया

क्या दोस्ती क्या दुश्मनी, कैसी वफ़ा-जफ़ा
था ख़्वाब के मानिन्द वो टूटा बिखर गया

हमने बनाया था उसे, हमने मिटा दिया
बनकर ख़ुदा जो बुत हमें बरबाद कर गया

19

चैन से बीते थे कुछ दिन, अब तो ये होना ही था
जुर्म हँसने का किया था, एक दिन रोना ही था

आज़माना चाहता है वो हमारे ज़र्फ़ को
हम दिया बनकर जले, तूफ़ां उसे होना ही था

रूह कितनी छटपटाई, ज़िस्म की इस क़ैद में
हमको फिर भी ज़िन्दगी का बोझ तो ढोना ही था

मुश्किलें हमको मिलीं, सब नेमतें उसकी हुईं
हम हुए इन्सान, तो उसको ख़ुदा होना ही था

काश उसको बिन तपाये ही परख पाता कोई
जो पिघलकर बह गया है, वो खरा सोना ही था

20

कोई चाहत, कोई हसरत ही नहीं
क्यूँ सुकूँ दिल को मेरे फिर भी नहीं

जाने क्यूँ मिलती रही उसकी सज़ा
जो ख़ता हमने अभी तक की नहीं

हम भला हसरत किसी की क्या करें
हमको तो दरकार अपनी भी नहीं

तुम मआ'नी मौत के समझोगे क्या
ज़िन्दगी तो तुमने अब तक जी नहीं

शिद्दतों से हैं सहेजे हमने ग़म
थी ख़ुशी भी पर हमीं ने ली नहीं

21

न जाने कितने ख़्वाबों की, हसीं ताबीर हूँ मैं
कभी लैला, कभी शीरीं, कभी इक हीर हूँ मैं

करिश्मा हूँ कि जादू हूँ, कि हूँ कोई अजूबा
दिलों को जो सुकूँ दे, वो मुक़द्दस पीर हूँ मैं

किसी भी शै से मैं हारूँ, नहीं मंज़ूर मुझको
बदल दे फ़ैसला क़िस्मत का, वो तदबीर हूँ मैं

मुझे तुम ग़ौर से देखो झलक अपनी मिलेगी
तुम्हारी सोच की अच्छी-बुरी तस्वीर हूँ मैं

जुदा तू कर सके, ख़ुद से मुझे, मुमकिन नहीं है
अरे पगले! तेरे माथे लिखी तक़दीर हूँ मैं

22

दिल तो पत्थर हो गया है, धड़कनें लाएँ कहाँ से
वक़्त हमको ले गया है, लौटकर आएँ कहाँ से

इक खिलौना है ये दुनिया, और बचपन खो गया है
इस खिलौने से भला अब, दिल को बहलाएँ कहाँ से

देखते हो उतना बस, ये आँख जितना देखती है
रूह की बातें भला, तुमको समझ आएँ कहाँ से

हैं फ़क़त झूठे भुलावे-ये जहाँ, ये ज़िन्दगानी
जानकर ये सच भला अब, चैन हम पाएँ कहाँ से

तुमको साहिल की तमन्ना, हमको मोती ढूँढने हैं
अब सफ़र में हमसफ़र हम, बनके रह पाएँ कहाँ से

23

उसने कितनी सादगी से आज़माया है मुझे
है मेरा दुश्मन मगर मुन्सिफ़ बनाया है मुझे

मैं भला उस शख्स की मासूमियत को क्या कहूँ
कहके मुझको इक लुटेरा, घर बुलाया है मुझे

उसके भोलेपन पे मर ना जाऊँ तो मैं क्या करूँ
किस क़दर नफ़रत है मुझसे, ये बताया है मुझे

मुझको उसकी दुश्मनी पर नाज़ क्यूँ ना हो कहो
है भरोसा मुझपे, ज़ालिम ने जताया है मुझे

वो कोई इल्ज़ाम दे देता मुझे तो ठीक था
उसकी चुप ने और भी ज़्यादा सताया है मुझे

24

जो मुझे लेकर चला था, एक रहबर की तरह
क्यूँ वही मंज़िल से खींचे है सितमगर की तरह

हम ख़ता जाने बिना ही माफ़ियाँ माँगा किये
वो नहीं पिघला मगर ख़ामोश पत्थर की तरह

जाने क्या सोचा था उसने, जाने क्या वो कह गया
देर तक चुभता रहा कुछ दिल में नश्तर की तरह

जा रहा था वो, उसे हम दूर तक देखा किये
वो नहीं पलटा मगर अपने मुक़द्दर की तरह

ढूँढती हैं उसकी नज़रें मुझमें जाने क्या भला
जो धँसी जाती हैं दिल में तेज़ ख़ंजर की तरह

25

लाख मन मारा मगर मन है कि मरता ही नहीं
ये कहीं मर जाए तो फिर कोई झगड़ा ही नहीं

अब किसी शिक़वे-शिक़ायत का नहीं मतलब कोई
ग़ैर से हम क्यूँ कहें और तुमको सुनना ही नहीं

मुतमइन हो जाएँ हम दोनों न अब टकरायेंगे
उन किनारों से रहेंगे जिनको मिलना ही नहीं

बेवजह रुस्वाइयों के डर से तुम बेचैन हो
जिसके हम हमराज़ हों वो राज़ खुलता ही नहीं

ज़िन्दगी ने साथ छोड़ा, मौत ने ठुकरा दिया
और थमकर रह गया ये वक़्त चलता ही नहीं

26

काश आज रात की, सहर कभी भी आए ना
ख़्वाब देखते रहें, हमें कोई जगाए ना

आज दिल की सुनते जाएँ, दिल की करते जाएँ हम
क्या ग़लत है क्या सही, हमें कोई बताए ना

आरज़ू ये है जुनूं में आज बहते जाएँ हम
डूब जाएँ तो हमें, अब कोई बचाए ना

चन्द लम्हों में सिमट के आ गई है ज़िन्दगी
काश ऐसा हो कि अब ये वक़्त जाने पाए ना

आज समझे, क्यूँ ख़ुशी में भीग जाती है पलक
ग़म-ख़ुशी का फ़र्क अब, हमें कोई बताए ना

27

राधा को जीते-जी, मर कर मीरा को घनश्याम मिले
हमने सच्चा प्यार तलाशा, हमको बस इल्ज़ाम मिले

रुस्वाई, तन्हाई, तड़पन, बेचैनी औ' लाचारी
बस इक सच कहने के देखो क्या-क्या हैं ईनाम मिले

किसके काँधे पर सर रखते, सब भीतर से टूटे थे
कोई भी तो पूरा ना था, कितने ख़ासो-आम मिले

जब भी चैन तलाशा हमने, बेचैनी कुछ और बढ़ी
अब जब चाहत नहीं सुकूं की, शायद कुछ आराम मिले

हमने भी देखी वो धरती, कौम लड़ीं जिसकी ख़ातिर
सिर्फ़ सियासत दिखलाई दी, ना अल्ला, ना राम मिले।

28

सब कुछ झूठ है लेकिन फिर भी, बिल्कुल सच्चा लगता है
जान-बूझ कर धोखा खाना, कितना अच्छा लगता है

ईंट औ' 'पत्थर', मिट्टी-गारे के मज़बूत मकानों में
पक्की दीवारों के पीछे, हर घर कच्चा लगता है

आप बनाता है पहले फिर अपने आप मिटाता है
दुनिया का ख़ालिक हमको इक, ज़िद्दी बच्चा लगता है

उसने सारी क़समें तोड़ीं, सारे वादे झूठे थे
फिर भी हमको उसका होना, अब भी अच्छा लगता है

उसे यक़ीं है बेईमानी बिन वो बाज़ी जीतेगा
अच्छा इन्सां है पर अभी खिलाड़ी कच्चा लगता है

29

जिस मन को हमने मारा था, वो मन ही हमको मार गया
अब हम जीते या मन जीता, सब झगड़ा ही बेकार गया

तुम उसको उस दिन समझोगे, जब उस जैसे हो जाओगे
दुनिया को जीत लिया जिसने, वो तुमसे क्यूँकर हार गया

अनमोल मिले बेमोल यहाँ, तो मिट्टी से भी बद्तर है
जो सौदा करना सीख गया, वो समझो बाज़ी मार गया

तुम दाना थे, वो दीवाना, फिर बात कहाँ से बननी थी
वो इश्क़ो-जुनूं का मारा था, सो ख़ुद को तुम पर वार गया

तक़दीर भी है, तदबीर भी है, यूँ होने को सब कुछ है मगर
अब क्या खोना-पाना उसको, जो हर चाहत के पार गया

30

किसी से भी हमको शिकायत नहीं है, ये दिल अबके सचमुच सुकूँ पा गया क्या?
कहीं दूर से इक सदा आ रही है, बुलावा है? जाने का पल आ गया क्या?

न ख़ुशियों की चाहत, न ग़म से अदावत, किसी भी तरह का भरम ही नहीं है
अजब-सा सफ़र है, अजब-सी डगर है, ज़मीं से चले, आसमाँ आ गया क्या?

न नज़रें, न मंज़र, न सपने, न आँसू, बड़े चैन से मूँद रक्खी हैं पलकें
तरसती रहीं नींद को जिसकी आँखें, वही नींद बेइन्तिहा पा गया क्या?

सभी रंग यकसां नज़र आ रहे हैं, किसी रंग में कोई रंगत नहीं है
नज़र से नज़रिये के लम्बे सफ़र में सफेदी का मतलब समझ आ गया क्या?

नज़र से गई तो हुई रूह रौशन, ठिकाना बदल ही लिया रौशनी ने
उजाले की ख़ातिर जो भटका था सदियों, वो नूरे-ख़ुदा का पता पा गया क्या?

31

हक़ीक़त की तह तक पहुँच तो गए हैं, मगर सच को ख़ुद में उतारेंगे कैसे
न जीने की चाहत, न मरने की हसरत, यूँ दिन ज़िन्दगी के गुज़ारेंगे कैसे

ये बरहम-सी चीजें, ये बिखरा हुआ घर, हमारी तबीयत में शामिल नहीं थे
चलो घर तो घर है सँवर जाएगा ही, मगर बिखरा मन हम सँवारेंगे कैसे

जो अपने लिखे को मिटा ख़ुद न पाए, ज़रा सोचो मजबूर कितना ख़ुदा है
जो हमसे भी ज़्यादा है मजबूर उसको, भला हम ख़ुदा अब पुकारेंगे कैसे

हमें भी पता था वो आएगी लेकिन, ज़रा हम हटे और तुम्हें ले गई वो
छला यूँ कज़ा ने कि कुछ कर न पाए, ये बोझ अपने दिल से उतारेंगे कैसे

दिया जब भी इन्सां ने धोखा हमें तो, ख़ुदा के भरोसे सहा हँसके हमने
ख़ुदा से मिला है हमें अबके धोखा, ख़ुदाया ख़ुदा को गुहारेंगे कैसे

32

हम बुरे हैं अगर तो बुरे ही भले, अच्छा बनने का कोई इरादा नहीं
साथ लिक्खा है तो साथ निभ जाएगा, अब निभाने का कोई भी वादा नहीं

क्या सही, क्या ग़लत, सोच का फेर है, इक नज़रिया है ये जो बदलता भी है
एक सिक्के के दो पहलुओं की तरह, फ़र्क़ सच-झूठ में कुछ ज़ियादा नहीं

रूह का रुख़ इधर, जिस्म का रुख़ उधर, अब ये दोनों मिलें तो मिलें किस तरह
रूह से जिस्म तक, जिस्म से रूह तक, रास्ता एक भी सीधा-सादा नहीं

जो भी समझे समझता रहे ये जहां, अपने जीने का अपना ही अन्दाज़ है
हम भले या बुरे, जो भी हैं वो ही हैं, हमने ओढ़ा है कोई लबादा नहीं

ज़िन्दगी अब तू ही कर कोई फ़ैसला, अपनी शर्तों पे जीने की क्या है सज़ा
तेरे हर रूप को हौसले से जिया पर कभी बोझ-सा तुझको लादा नहीं

33

मुझे प्यार करते हो करते रहो पर, कभी भी जताने की कोशिश न करना
कि खुश्बू हूँ मैं मुझको महसूस करना, कभी मुझको पाने की कोशिश न करना

ये माना बहुत दूर है मेरी मंज़िल मगर मुझको तनहा पहुँचना वहाँ है
घड़ी दो घड़ी साथ चल पाओ चल लो, जनम-भर निभाने की कोशिश न करना

ये आँखें बहुत दूर तक देखती हैं, हक़ीक़त से वाक़िफ़ हैं अच्छी तरह से
मुझे लेके सपने जो बुनते हो बुनलो, मगर सच बनाने की कोशिश न करना

जो हँस लूँ तो क्या है जो रो लूँ तो क्या है, ये हँसना भी फ़ानी वो रोना भी फ़ानी
कि कुछ भी नहीं सालता मेरे दिल को, ये पत्थर गलाने की कोशिश न करना

मुझी से चुरा करके मेरी अदाएँ, मुझे ही सताते हो मेरी तरह से
सताना है मुझको, तो जी भर सता लो, मगर आज़माने की कोशिश न करना

सुना था कभी प्यार मरता नहीं है, जो मरता नहीं है तो जाता कहाँ है
यहाँ है, वहाँ है, वो सचमुच कहाँ है, मुझे यह बताने की कोशिश न करना

34

जिस्म क्या चीज़ है ये जाँ क्या है
और दोनों के दरमियाँ क्या है

इक ख़ला भीतर, इक ख़ला बाहर
फिर मुकम्मल-सा ये जहाँ क्या है

चार दीवार, छत, ज़मीं वालो
है भी मालूम आशियाँ क्या है

चन्द सिक्कों में तुल गए रिश्ते
सूद क्या और अब ज़ियाँ क्या है

रोज़ जुड़ता है इक नया सफ़हा
ज़िन्दगी की ये दास्ताँ क्या है

35

ज़िन्दगी को खोजने में ज़िन्दगी ही खो गई
अपनी ही पहचान अब तो अजनबी सी हो गई

दोस्त थे तो दोस्ती ही थी हमें वाजिब मगर
हमसफ़र जब से हुए हैं, दोस्ती भी खो गई

दिल सलामत है तो फिर धड़कन भी होनी चाहिए
धड़कनों को दिल से ही क्यूँ दुश्मनी सी हो गई

अपने भी अपने नहीं अब ग़ैर तो फिर ग़ैर हैं
बेनियाज़ी ख़ुद ब ख़ुद ही लाज़मी सी हो गई

जिन्दगी के साथ हर-पल मौत कुछ ऐसे मिली
जीते जी मरने पर मेरे ख़ुदकुशी भी रो गई

36

मुझे बर्बाद करके मुतमइन कैसे रहोगे तुम,
तुम्हारे दिल में ही आबाद होती जा रही हूँ मैं

यक़ीं ना हो तो खुद सुन लो तुम्हारे दिल की धड़कन में,
सदा बनकर तुम्हें ख़ुद में समोती जा रही हूँ मैं

तुम्हें मालूम था इक दिन मुझे तुम छोड़ जाओगे,
मुझे पूरा यक़ीं था तुम मुझे अपना बनाओगे

मगर ना तुम हुए मेरे, न मुझको छोड़ ही पाए,
तुम्हारी बेबसी का अक्स होती जा रही हूँ मैं

मेरा पत्थर का दिल तुमने गलाकर आब कर डाला,
छलकना, छलछलाना और बह जाना है मजबूरी

तुम्हारी आँख से छलकी, तुम्हारी आँख से ढलकी,
तुम्हारी बूँद हूँ तुमको भिगोती जा रही हूँ मैं

चलो इक बार फिर से अजनबी बन जाएँ हम दोनों,
कहा उकता के तुमने और पलटकर फिर नहीं देखा

मगर हर अजनबी सूरत में मुझको देखते हो तुम,
तुम्हारे हुक्म की तामील होती जा रही हूँ मैं

जहाँ पर दफ़्न हूँ मैं मक़बरा भी तो वहीं पर हो,
इसी अरमान की ख़ातिर अभी तक प्राण अटके हैं

बची हैं बस ज़रा-सी ही फ़क़त कुछ साँस हैं बाकी
तुम्हारे हाथ के पत्थर सँजोती जा रही हूँ मैं

37

लगता है दिन क़रीब हैं ग़म से निजात के
हम हाथ धोए बैठे हैं, अपने दिमाग़ से

नाज़ुक बहुत है साँस की ज़न्जीर की जकड़
फिर भी कहाँ रिहाई है, क़ैदे-हयात से

तुमने कहा तलाक़, चलो सुन लिया मियाँ
रख लो मेहर भी पास तुम, अब इत्मिनान से

दो चार दिन की बात है, हमको निबाह लो
ज़्यादा नहीं बचे हैं दिन अपनी हयात के
रुख़सत के वक़्त तो हमारी बात मान लो
बाहर निकल भी आओ अब अपने नक़ाब को

38

ना कबीरा ना ही मीरा ना मैं तुलसीदास हूँ
फिर भी तुमको खोज लूँगी, मैं अटल विश्वास हूँ

बाँध कर शब्दों में कैसे व्यक्त मैं ख़ुद को करूँ
जो नहीं लिक्खा गया है मैं वही इतिहास हूँ

राजसी हैं ठाठ फिर भी सात्विक हैं वृत्तियाँ
मोह-माया में घिरी मैं, इक अजब सन्यास हूँ

जीवनी मेरी है लेकिन आदि भी तुम अन्त भी
मैं तो बस इस बीच में उच्छवास हूँ, निःश्वास हूँ

फूल-सा तन, काँच-सा मन, पत्थरों के देश में
है सुरक्षित, मैं तुम्हारी शक्ति का आभास हूँ।

□□